Dieses Buch gehört:

Martina Dierks,
in Berlin geboren, schreibt seit dem zwölften Lebensjahr. Sie studierte Slawistik und Germanistik und arbeitete in den verschiedensten Berufen, bevor sie sich 1986 entschied, das Schreiben zu ihrem Hauptberuf zu machen. Zunächst veröffentlichte sie Texte beim Rundfunk und bald darauf auch Romane für Kinder und Jugendliche. Sie lebt mit ihrem Mann und ihrer Tochter in Berlin.

Eva Czerwenka,
geboren 1965 in Straubing, studierte an der Akademie für Bildende Künste in München und besuchte dort u. a. bei Maria Friedrich das Seminar „Bild und Buch“. Seit Abschluss des Studiums arbeitet sie als freie Illustratorin für verschiedene Verlage und als Bildhauerin.

In neuer Rechtschreibung

1. Auflage 2008

Einband und Innenillustrationen: Eva Czerwenka

Printed in China
ISBN 978-3-401-09365-9
Dieses Buch wurde 2007 bereits
veröffentlich unter der
ISBN 978-3-401-09094-8

www.arena-verlag.de

Martina Dierks

Siri, die Montagsfee
und der Traumtänzer

Mit Bildern
von Eva Czerwenka

Arena

Siri, die Montagsfee, hat Feierabend.
Siri schwingt ihre Pfauenfeder –
einmal, zweimal, dreimal im Kreis –
und zaubert sich nach Hause zurück.
Sie fliegt durch ein Fenster
in ihren kleinen rosa Schuhkarton.

Noch im Flug bindet Siri
ihre Hutschleife auf.
Gleich darauf sinkt sie
mit einem tiefen Seufzer
auf ihr Bett.
„Wie schön das ist,
in den weichen Kissen zu liegen“,
murmelt sie.
„Jetzt habe ich mir wirklich
einen schönen Traum verdient!“

Siri schließt die Augen, und
der Traumzauber beginnt.
Sie sieht ein Zirkuszelt
unter einem
großen leuchtenden Mond.

In der Manege liegt ein Löwe
und weint.
Es ist ein sehr großer Löwe
mit einer wilden Mähne.
Siri kennt ihn.
Aber sie kann sich
nicht daran erinnern,
wie er heißt.

Sie will den Löwen gerade
nach seinem Namen fragen,
da klopft es an ihrer Tür.
Eigentlich klopft es nicht,
sondern es kratzt.

Siris Haus ist ja aus Pappe
und nicht aus Stein.
Es kratzt also an der Tür,
und eine Stimme sagt:
„Jemand zu Hause,
darf ich eintreten?
Ich habe
einen klitzekleinen Wunsch,
der unbedingt heute noch
erfüllt werden muss!“
Siri schlägt überrascht
die Augen auf.
„Ein Wunsch um diese Zeit!
Da berechne ich aber
Überstunden“,
murmelt sie ärgerlich.
Siri schwingt ihre Beine
aus dem Bett und öffnet die Tür.

Draußen steht der Traumtänzer Plim
mit einer Mitternachts-Nelke.
Die blüht nur um Mitternacht
oder im Traum.
Jetzt sieht sie
wie welke Petersilie aus
und riecht auch so.
„Was willst du denn hier?“,
fragt Siri verblüfft.
Plim drückt ihr die welke Nelke
in die Hand.
„Ich möchte, dass du heute
beim großen Traumtänzer-Turnier
um Mitternacht mit mir tanzt“,
erwidert Plim feierlich.
Er blickt die Fee
mit flehenden Augen an.
Plim ist sehr klein.

Doch seine Füße sind riesig.
Im ganzen Feenreich
wird Plim nur
der Traumtanz-Tollpatsch
genannt.

„Was ist, Siri?
Erfüllst du einem Traumtänzer
seinen allergrößten Wunsch?
Es ist das erste Mal, dass ich
bei einem Mitternachts-Turnier
tanzen darf!
Bitte, bitte, bitte!“,
bettelt der Traumtänzer
und fällt auf die Knie.

„Ich will ehrlich sein“, sagt Siri.
Da hält sich der Traumtänzer
die Ohren zu.

„Nicht ehrlich sein!!!“, fleht er.
„Du willst mir nur sagen,
dass du nicht
mit mir tanzen möchtest.
Bei allen anderen Feen
bin ich auch schon abgeblitzt.
Du bist meine letzte Rettung,
Siri, hilf miiiiir!“, jammert Plim.
Dann umklammert er Siris Beine.
Er hält Siri so fest, dass sie sich
nicht mehr rühren kann.
Sein lautes Geschrei kann man
bestimmt noch am Nordpol hören.

„Was ist denn das für ein Krach!“,
ruft es da von nebenan
aus der alten Schuhfabrik.
Dort wohnt Rio, die Ratte,
in einem großen alten Schuh.
Er ist nicht nur Siris Nachbar,
sondern auch ihr bester Freund.
„Hilfe, eine Riesenratte“, ruft Plim
erschrocken.
Er krabbelt schnell
durch das Gras und versteckt sich
hinter einem Schneckenhaus.
„Was will der Dummkopf von dir,
Siri?“, fragt Rio.
„Er will mit mir
beim Mitternachts-Turnier
tanzen, Rio“,
seufzt die kleine Montagsfee.

„Es ist zwar nicht meine Pflicht,
seinen Wunsch zu erfüllen,
aber er tut mir so leid!“
„Heißt das, du tanzt mit mir?“,
ruft Plim hoffnungsvoll.
„Mach es nicht“, flüstert Rio.
„Es wird dich mehr Zeit kosten,
als du an einem Montag
verdienen kannst!“
„Aber er wünscht es sich doch
so sehr“, antwortet Siri.
„Das kann dir doch egal sein“,
knurrt Rio.

„Ist es aber nicht, Rio!“, sagt Siri.
„Deshalb muss ich
Plims Wunsch erfüllen und mit ihm
zum Traumtänzer-Turnier
in die Feenstadt fliegen!“
Jubelnd hüpft der Traumtänzer
aus seinem Versteck
und fällt Siri um den Hals.

2

Siri schwingt ihre Zauberfeder –
einmal, zweimal, dreimal im Kreis.
Dann lösen sich Rio, Plim
und die kleine Montagsfee
in bunte Funken auf.
Sie fliegen mit
Zauber-Geschwindigkeit
an sahneweißen Wolken vorbei.
Dort tummeln sich Traumtänzer
mit ihren Feen
und üben Tanzschritte.

Diese Traumtänzer sind biegsam
und elegant.
Die Feen tragen
schimmernde Seidenkleider
und ihre Tanzpartner einen Frack.

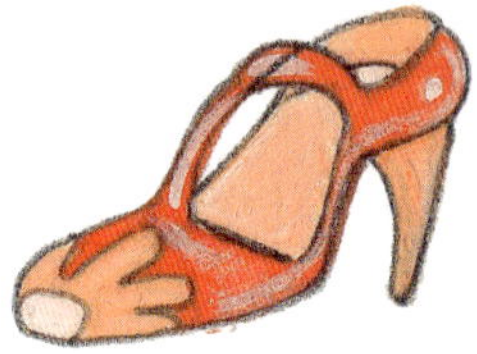

Als Siri und ihre Gefährten
in der Feenstadt landen,
ist dort schon mächtig viel los.
Kleine Männer schleppen
Traumkulissen zum Festplatz.
Im Haus des Feenschneiders
surren die Nähmaschinen.

Aus dem Laden
des Traumtanz-Schuhmachers
hallen helle Hammerschläge.
„Jetzt muss ich ganz schnell
meinen Traumtanz anmelden!“,
ruft Plim.

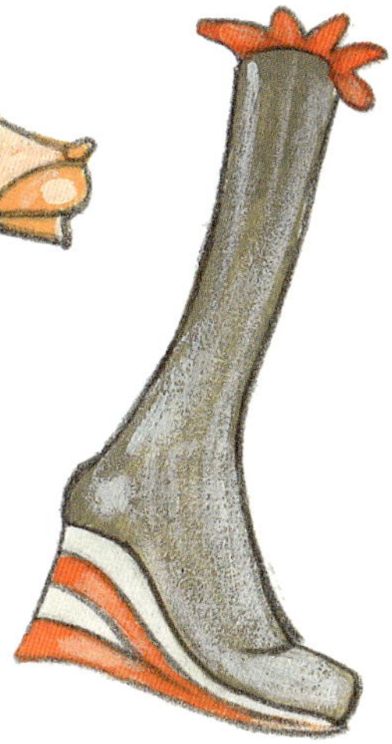

Er rennt zum Büro
des Turnier-Meisters.
Gleich darauf kommt er
mit hängendem Kopf zurück.
„Zu spät,
der Turnier-Meister nimmt
keine Traumtänze mehr an“,
wimmert Plim.

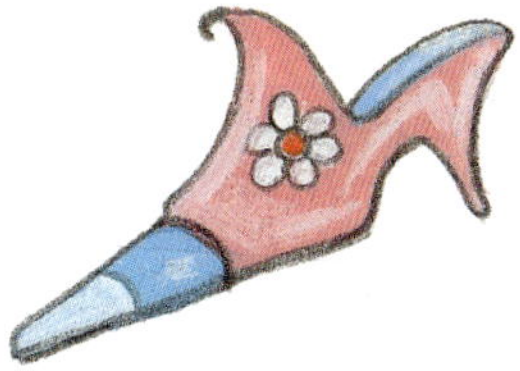

„Habe ich dir nicht gesagt,
dass es Zeitverschwendung ist,
ihn zu begleiten!“, schimpft Rio.
Plim bricht in Tränen aus.

„Immer komme ich zu spät, huhu!“,
heult der Traumtänzer.
Da öffnet sich ein Fenster
im Feenturm, und
die Sonntagsfee Gina Gold
beugt sich grimmig heraus.
„Könntest du vielleicht ein bisschen
leiser heulen, Traumtänzer!“,
brüllt Gina Gold.
„Ich brauche meine Ruhe
vor dem großen
Traumtänzer-Turnier!“

Da heult der Traumtänzer
erst richtig los.
„Er ist verzweifelt, weil er nicht
auf dem Turnier tanzen darf!“,
erklärt Siri und gibt Plim
ein Taschentuch.

„Und was hast du damit zu tun, Montagsfee?“, fragt Gina Gold ungeduldig.
„Ich bin seine Tanzpartnerin“, murmelt Siri verlegen.
„Seine Tanzpartnerin, du?“, ruft Gina Gold verblüfft.
„Ich wusste gar nicht, dass du tanzen kannst!“
Siri wird rot und ärgert sich.
„Ich kann sehr gut tanzen“, behauptet sie kühn.

„Wirklich, Siri?
Das möchte ich sehen!
Was hat der Traumtänzer
denn für einen Tanz anzubieten?“,
fragt die Sonntagsfee listig.
„Einen Minuten-Walzer!“,
sagt Plim verschnupft.
Er blinzelt die Sonntagsfee
unter Tränen an.
„Ein Minuten-Walzer, wie langweilig!“,
stöhnt die Sonntagsfee.
„Noch einen Minuten-Walzer
will ich nicht!
Es sind schon mehr als drei
angemeldet!“

„Aber einen anderen Tanz
kann ich nicht“, erwidert
Plim kläglich.
„Nun dann musst du
auf das Turnier verzichten!“,
sagt die Sonntagsfee.
Schon will sie das Fenster schließen.

Aber dann überlegt sie es sich anders und sagt: „Es sei denn, deiner Fee fällt etwas ein. Sie hat dir doch versprochen, dass sie dir deinen Wunsch erfüllt, nicht wahr?“
Plim nickt.
„Nun Siri, was sagst du dazu? Bietest du mir einen Tanz, den ich noch nie gesehen habe?“, fragt die Sonntagsfee herausfordernd.

„Ich erfülle meine Versprechen
immer, Sonntagsfee.
Du wirst einen Tanz bekommen,
den du noch nie gesehen hast“,
antwortet Siri tapfer.
Die Augen der Sonntagsfee
leuchten auf.
Sie lächelt zufrieden und sagt:
„Dann ist der Traumtänzer Plim
zum Traumtänzer-Turnier
zugelassen!
Aber wehe,
ich langweile mich, Siri.
Dann ziehe ich dir zur Strafe
zehntausend Zeitpunkte
von deinem Konto ab!“
Die Sonntagsfee knallt
ihr Fenster zu.

„Was hast du dir für einen Tanz ausgedacht, Siri?“, fragt Plim. Er brennt vor Neugier und ist ganz aufgeregt.

„Oh, es ist ein ganz besonderer ungewöhnlicher Tanz . . . der . . . der . . .“, stammelt Siri.

„Du weißt es nicht, Siri,
nicht wahr?“, fragt Rio.
Siri nickt bekümmert.
„Was?“, heult Plim los.
„Fang jetzt bloß nicht wieder an
zu flennen!“, schreit Plim
den Traumtänzer an.
„Du bist doch schuld an dem
ganzen Tanz-Schlamassel!“
„Streitet euch nicht.
Mir wird schon etwas einfallen“,
sagt Siri.
„Mir muss etwas einfallen!
Gina Gold wartet doch nur darauf,
dass ich einen Fehler mache!“
So ratlos wie in diesem Augenblick
ist Siri selten.

Die Sonne verschwindet gerade
hinter dem Feenturm.
Schon schimmert blass der Mond
am Himmel.
Er ist genauso groß und durchsichtig
wie der in Siris Traum.

Siri erinnert sich
an den traurigen Löwen.
Und plötzlich fällt ihr auch
sein Name wieder ein.
„Das war Tanzende Tatze.
Bestimmt habe ich nicht ohne Grund
von ihm geträumt!“,
ruft Siri aufgeregt.

„Vor vielen Feenjahren war
Tanzende Tatze
ein berühmter Tanzlöwe.
Aber irgendwann hat man ihn
vergessen.

Ich glaube trotzdem,
dass er uns helfen kann“,
erzählt Siri.

Plim ist nicht begeistert.
„Mit einem Löwen möchte ich
aber nicht tanzen“, mault er.
„Bestimmt ist er alt und lahm.
Alle werden über uns lachen!“
Jetzt wird Siri böse.
„Hast du eine bessere Idee?“,
schimpft sie.
Plim schüttelt den Kopf.
„Aber wo finden wir ihn?“,
fragt Rio.
„Macht die Augen zu,
und denkt einfach an ihn.
Dann entführen uns
unsere Gedanken ins Traumland.
Dort wohnt er.“
Siri schließt die Augen.
Sie blinzelt.

„Ihr natürlich auch!“, ruft sie
ungeduldig. „Na los,
nun macht schon eure Augen zu!“
Siri ergreift Rios Pfote
und Plims kleine Hand.
„Tanzende Tatze, tanzende Tatze,
tanzende Tatze.
Wir suchen dich!“, flüstert Siri.
Da weht ein kalter Wind
um ihre Nasenspitze.
Plim umklammert Siris Hand.

Der Wind wird zum Sturm,
er heult und pfeift.
Plim zittert.
„Gut festhalten und immer schön
an den Löwen denken!“,
brüllt Siri.
„Dann passiert uns nichts!“
Endlich legt sich der Sturm.
Siri öffnet die Augen.
Sie steht
in einem alten staubigen Zirkuszelt.
Durch einen Riss im Dach
scheint der Mond.
Er wirft einen breiten Lichtstrahl
in die Manege.
Dort liegt der Löwe und weint.
„Ihr könnt die Augen aufmachen,
wir sind da!“, sagt Siri.

„Der ist aber riesig“, flüstert Plim,
als er den Löwen entdeckt.
„Er wird uns schon nicht gleich
fressen!“, brummt Rio.
Siri geht langsam auf den Löwen zu.
„Guten Tag, tanzende Tatze.
Wie schön, dich wiederzusehen!
Ich bin Siri, die Montagsfee“,
sagt sie leise.
Der Löwe hebt seinen Kopf.
Große Tränen glitzern
in seinen Augen.

„Ich kenne dich nicht!“, sagt er matt.
Dann legt er den Kopf wieder
auf die Tatzen.
„Aber ich kenne dich!
Ich habe dich oft tanzen gesehen.
Du warst einfach wunderbar!“,
beteuert Siri.
Der Löwe schnauft.

Eine Träne fällt in den Sand.
„Ich kann nicht tanzen.
Du verwechselst mich!“,
sagt der Löwe.
„Er hat vergessen, wer er ist“,
flüstert Siri ihren Gefährten zu.
„Warum weinst du?“,
fragt sie den Löwen dann.
„Ich weiß es nicht“,
antwortet der Löwe.

„Aber ich weiß es.
Du bist traurig,
weil man dich vergessen hat,
Tanzende Tatze!“, sagt Siri sanft.

Sie streichelt die Mähne des Löwen
und krault ihn hinter den Ohren.
„Du warst der tollste Tanzlöwe,
den es je in einem Feenmärchen
gegeben hat!“, schwärmt Siri.
„Du warst sehr mutig und dabei
so freundlich zu allen!“
„Wirklich?“, fragt er ungläubig.
Siri nickt.
„Aber warum hat man mich dann
vergessen?“, fragt er.

„Manchmal vergisst man etwas,
wenn etwas Neues kommt.
Das Neue muss nicht mal besser sein,
es ist einfach nur neu!“,
erklärt Siri.
„Aber ich habe dich
nicht vergessen.
Ich habe heute sogar von dir
geträumt!“
Der Löwe richtet sich langsam auf.
„Ich bin Tanzende Tatze“,
sagt er plötzlich
und schüttelt seine wilde Mähne.
„Jetzt weiß ich es wieder,
weil du mich nicht vergessen hast,
kleine Montagsfee.
Wie kann ich dir bloß dafür danken?“

„Tanz mit uns
beim großen Traumtänzer-Turnier!
Heute um Mitternacht!“,
sagt Siri schnell.

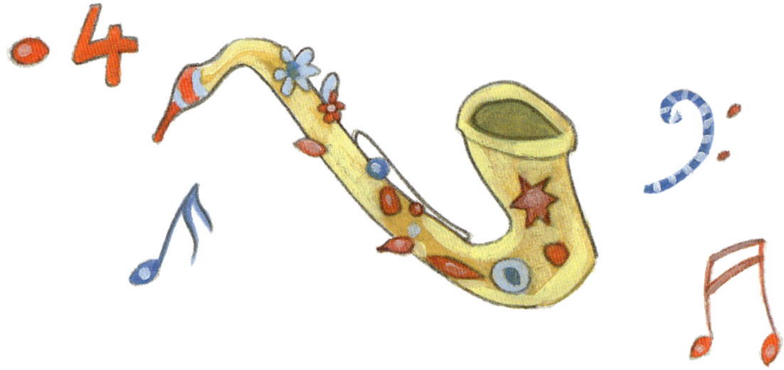

„Tanzen?“, ruft der Löwe erschrocken. „Aber ich habe seit vielen Feen-Jahren nicht mehr getanzt!
Ich weiß doch gar nicht mehr, wie das geht!
Außerdem brauche ich Musik!“
Rio schnellt nach vorn und verbeugt sich.
„Ich bin Rio und singe dir jedes Lied!“, erklärt er eifrig.
„Sag mir, was du hören willst, Tanzende Tatze, und ich singe es dir!“

„Er hat sogar schon
in der Feen-Oper gesungen“,
erzählt Siri stolz.
„Eine Ratte? In der Feen-Oper?“,
flüstert Plim ungläubig.
„Alle waren begeistert,
sogar die Sonntagsfee“, sagt Siri.
„Erstaunlich!“, sagt der Löwe.
„Aber kannst du auch den
Hippi-happo-rappa-Rock singen, Rio?“
Rio nickt.

„Das ist der
Hippi-happo-rappa-Rock,
ein wildes, wildes Löwenlied.
Wow, wow, wow!“, schmettert
Rio los.
Schon beginnt der Schwanz
des Löwen zu zucken.
Plim hüpft im Kreis herum.
Siri klatscht den Takt.
„Hippi-happo-rappa-Rock!“,
singen sie jetzt alle vier
das wilde, wilde Löwenlied,
wow, wow, wow!“
Bei der vierten Strophe stellt
der Löwe sich auf die Hinterpfoten.

Er stemmt die Tatzen
in die Hüften,
wackelt mit dem Po
und schüttelt seine Mähne.
Dann dreht er sich im Kreis.

Er wirft die Beine in die Luft
und ruft: „Macht mit!“
Siri stellt sich an seine linke Seite,
Plim an seine rechte.
„Eins, zwei, drei, los!“, ruft der Löwe.
Nun stemmen sie alle drei
die Hände in die Hüften,
wackeln mit dem Po
und schütteln sich.
„Das ist der
Hippi-happo-rappa-Rock!“,
schmettern sie im Chor.
Zu dritt tanzen sie
ein wildes Ballett.

„Das war fantastisch“,
sagt der Löwe,
als das Lied zu Ende ist.
„Siehst du!“, sagt Siri.
„Du kannst es noch.
Begleitest du uns nun
zum Mitternachts-Turnier?“
„Bitte, lieber Löwe!“, bettelt Plim.
„Wie kann ich da Nein sagen!“,
seufzt der Löwe.

Nun ist es kein Traum mehr.
Jetzt ist es wahr!
Siri und ihre Gefährten reiten
auf dem Rücken des Löwen
in die Feenstadt.
Das Mitternachts-Turnier
fängt gerade an.
Ein Traumtänzer in Blau
und eine Mittwochsfee in Grün
tanzen einen Minuten-Walzer.
Die Sonntagsfee gähnt.
Danach gibt es eine
Posaunen-Polka,
dann wieder zwei Minuten-Walzer
und als vorletzten Tanz
ein Mitternachts-Menuett.

Dabei ist
die Sonntagsfee Gina Gold
schon fast eingeschlafen.
„Jetzt sind wir dran!“, flüstert Siri
aufgeregt. „Gina Gold wird Augen
machen!“
Ein Trommler des Feen-Orchesters
kündigt mit einem Paukenschlag
den Löwentanz an.
Gina Gold fällt vor Schreck
fast vom Stuhl.

Der Turnier-Meister ruft:
„Plim und seine Tanzpartner
Siri und Tanzende Tatze,
Bitteee schööön!“
Die drei Tänzer springen
auf die Bühne und nehmen
ihre Positionen ein.

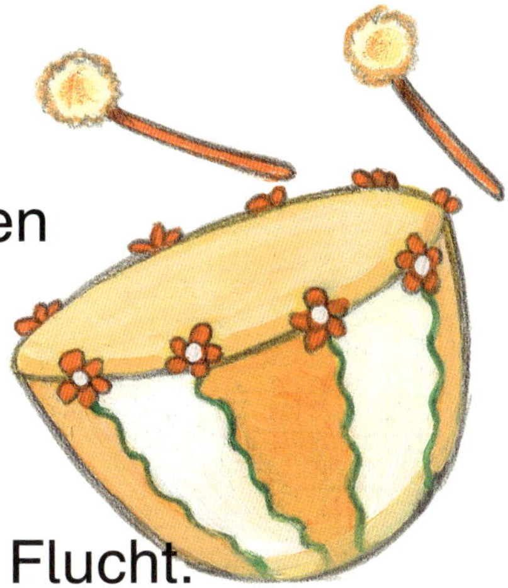

Beim Anblick des Löwen
ergreifen einige Feen die Flucht.
Andere staunen nur!
„Eins, zwei, drei“, flüstert Rio.
„Das ist der
Hippi-happo-rappa-Rock,
ein wildes, wildes Löwenlied!“,
schmettert er ins Publikum.
Siri und ihre Freunde
fangen an zu tanzen.

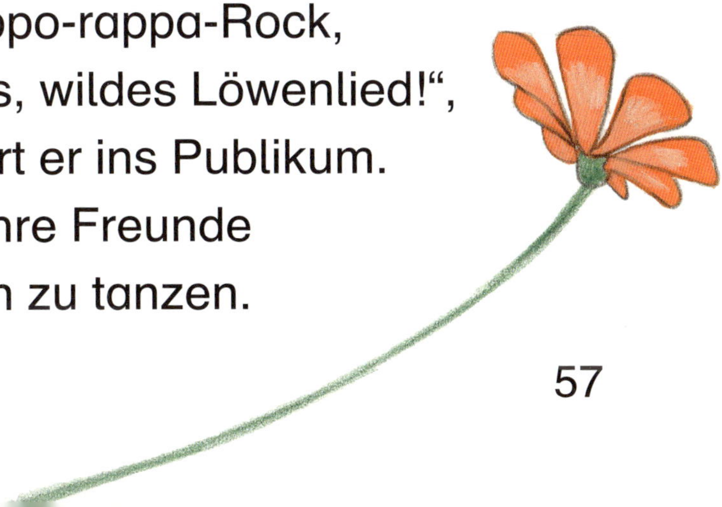

Gina Gold reißt staunend
die himmelblauen Augen auf.
So einen Tanz hat sie bestimmt
noch nie gesehen, denkt Siri.
Sie dreht sich,
wackelt mit dem Po
und wirft die Beine in die Luft.
Plim schlägt sogar einen Salto.

Der Löwe macht einen Handstand,
und Siri gelingt
eine perfekte
doppelte Drehung.

Gina Gold schnappt nach Luft.
„Das war . . . das war . . .
in der Tat . . . ganz gut!“,
sagt die Sonntagsfee,
als das Lied zu Ende ist.
„Das war nicht nur ganz gut!
Das war der beste Tanz,
den wir je
bei einem Mitternachts-Turnier
gesehen haben!
Siri, Plim und der Löwe
sollen die Sieger sein!“,
brüllen die Zuschauer.
Siri und ihre Freunde
verneigen sich.
Die Zuschauer werfen ihnen
Mitternachts-Nelken zu.
Zehn, zwanzig, hundert.

Bald kann Siri sie nicht mehr zählen.
„Bravo, bravo, bravo!“,
die Zuschauer toben.
„Ist ja schon gut“,
brüllt die Sonntagsfee
in den Jubel hinein.
„Meinetwegen sollen
Plim und seine Tanzpartner
Sieger sein!“

Sie verleiht grimmig
die Mitternachts-Orden,
dann rafft sie ihre Röcke
und verschwindet in ihrem Turm.
Alle Zuschauer wollen
ein Autogramm von den Siegern
haben.
Siri und ihre Gefährten kritzeln
ihre Namen auf Fächer und Hüte.
Die anderen Traumtänzer
sind grün vor Neid.

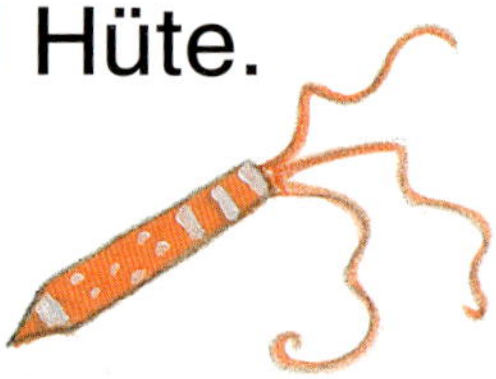

„Was für eine Nacht!“, seufzt
der Löwe beim Abschied. „Ich
fühle mich wie neugeboren.
Jetzt gehe ich nicht mehr
zurück ins Traumland.

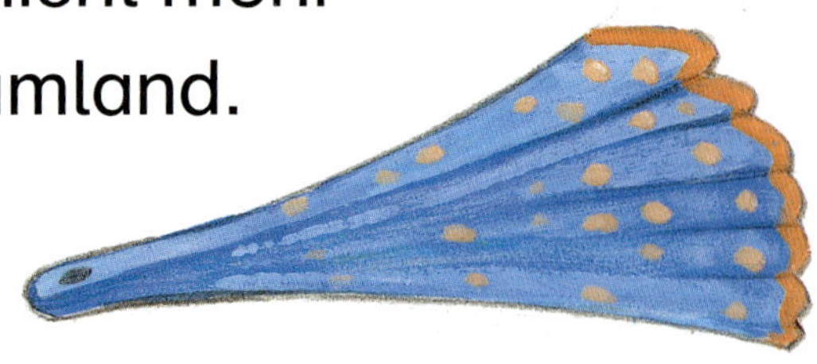

Jetzt will ich in die Märchenwelt.
Vielleicht brauchen sie dort
irgendwo einen tanzenden Löwen.
Auch wenn ich nicht mehr
der jüngste bin!“
Fröhlich trabt er davon.
„Ich danke dir, Tanzende Tatze!“,
ruft Plim ihm hinterher. „Und euch,
Siri und Rio, auch.“

„Jetzt bin ich bin berühmt,
oh, das ist toll!“
Plim will eine Drehung machen,
stolpert und fällt um.
„Na ja, es kann ja nicht immer
klappen!“, brummt er
und reibt sich den Po.
Dann macht Plim sich
auf den Heimweg.

„Nun bin ich aber wirklich müde!“,
sagt Siri und gähnt.
Sie schwingt ihre Zauberfeder –
einmal, zweimal, dreimal im Kreis.
Dann lösen sich Rio
und die kleine Montagsfee
in bunte Funken auf
und fliegen nach Hause.
. . . und dort wartet schon
das nächste Abenteuer auf sie.